© 2006 Editions Mijade
16-18, rue de l'Ouvrage
B-5000 Namur

Titre original: De kleertjes van Kaatje
© 2006 Uitgeverij Clavis
Amsterdam — Hasselt

ISBN 2-87142-555-8
D/2006/3712/22

Imprimé en Chine

Liesbet Slegers

Les habits de Catherine

Petit train

Que porte Catherine quand il fait beau dehors ?

Elle porte son t-shirt, sa jupe et ses chaussures.
Quand elle est habillée, elle va jouer dehors !

Que porte Catherine quand il pleut?

Elle porte son imperméable
et ses bottes en caoutchouc.
Comme ça, elle n'est pas mouillée.

Que porte Catherine quand elle prépare des biscuits ?

Elle porte sa toque de cuisinier
et son tablier.
Elle mélange la pâte avec une cuillère.

Que porte Catherine pour aller nager?

Elle porte son maillot de bain.
Elle laisse ses sandales au bord de l'eau.

Que porte Catherine quand il fait froid ?

Elle porte son manteau, son bonnet,
son écharpe, ses moufles, et ses bottines.
Elle est prête pour faire de la luge!

Que porte Catherine
le jour de son anniversaire ?

Elle porte sa plus jolie robe
et ses nouvelles chaussures.
Et elle se coiffe d'une couronne
que son papa lui a faite.

Que porte Catherine quand elle va au lit?

Elle porte une robe de nuit.
Elle dépose ses pantoufles sous le lit.

Et... que porte Catherine pour prendre son bain ?

Rien du tout!
Elle enlève tous ses habits
et quand elle est toute nue,
Plouf! elle saute dans l'eau!